Annemarie Nikolaus: Revanche
- Nouvelles de jadis -

ANNEMARIE NIKOLAUS

REVANCHE

– Nouvelles de jadis –

Table des matières

La douzième nuit

Treganna, Cornouailles, veillée de Noël 1072

Une puissante tempête faisait rage autour de la Grande Halle de Treganna et couvrait encore et encore le vacarme des domestiques du château en fête. Les rires de nombre d'entre eux restèrent alors coincés dans leur gorge; d'autres firent un signe de croix et regardèrent autour d'eux avec frayeur. Les chiens, qui les autres jours se chamaillaient pour les os, étaient couchés calmement sous les tables et seuls leur gémissements occasionnels attiraient l'attention sur eux.

Le feu des deux grandes cheminées peinait à s'imposer ontre la pression constante du vent. La fumée s'immisça jusqu'à la table au dais à laquelle Sir Geoffroi, le nouveau Seigneur de Treganna Castle, était assis avec sa famille

Le petit Amis, son fils, toussa lorsqu'il respira la fumée. Alors qu'il haletait de plus en plus, Caitlin lui tapota dans le dos et lui tendit ensuite un gobelet d'eau.

Les yeux d'elle étaient pleins d'inquiétude et elle souriait avec compatissance. « Bois, tu te sentiras mieux après. » Pourvu qu'il s'étouffe. Comme elle le haïssait, son demi-frère ; plus encore que le Normand qui avait forcé sa mère à l'épouser. Elle priait Dieu pour que Treganna, qui était, après tout, son héritage, ne tombe pas un jour aux mains de ce gringalet.

Amis fut pris d'un frisson lorsque soudain le sifflement de la tempête devint plus aigu.

« Tu as froid ? » Sir Geoffroi resserra le plaid chaud autour de lui.

« Non, Père. J'ai eu peur. »

« D'un peu de vent ? » Sir Geoffroi avait désormais l'air quand même un peu fâché. « Si près de la mer il a plus de force que ce à quoi tu es habitué ... de chez nous. »

« *Nay, Mylord.* » Caitlin prit de nouveau un air soucieux. « Ce n'est pas la tempête qui chante là-dehors. Ce sont ... » Sa voix se tut.

Amis pâlit et la fixa avec des yeux écarquillés.

« Caitlin ! Tu n'alimenteras pas ces superstitions. »

« Comment pouvez-vous dire cela, *Mylord* ! Que savez-vous de notre terre ! » Caitlin se leva d'un bond, outrée, et même l'appel furieux de sa mère ne suffit pas à la retenir.

Peu de temps après, Amis entra dans la chambre de Caitlin. « Sœur, quelle est cette chose que tu n'as pas le droit de me dire ? »

Caitlin roula les yeux en entendant ce titre détesté. « Et bien quoi ? Ton père ne veut pas que je te raconte ce que tu ne peux pas apprendre de sa bouche. » Elle lui fit signe de s'approcher du feu et baissa la voix. « Du vent, oui, on peut appeler cela comme ça. Mais il ne vient pas de la mer. C'est la Chasse sauvage qui cherche vengeance dans les nuits précédant l'Épiphanie. »

Le garçon se racla la gorge et essaya de rendre sa voix plus grave, plus adulte. « Caitlin, c'est vraiment de la superstition. »

Elle le tira à côté d'elle sur la banquette et chuchota : « N'as-tu pas vu la peur dans les visages des domestiques ? » Caitlin réprima un sourire triomphant lorsque de l'incertitude commença à flamboyer dans le regard du garçon. « Mais tu n'as pas de crainte à avoir. Tu n'es encore qu'un petit garçon. Tu ne peux rien pour ce qui s'est passé. »

Amis sursauta, outré.

« Ce sont nos guerriers tombés au combat. » Caitlin sourit. « Et mon père les dirige. Vous avez volé notre terre. Ainsi que sa femme. »

« Mais tu ne dois pas avoir peur. » Elle se leva et ouvrit son coffre. « Pour cette raison je te donne mon cadeau dès aujourd'hui. » Elle lui tendit un ruban rouge auquel était suspendue une intaille de couleur sombre.

Amis tendit la main. « Qu'est-ce que c'est ? »

« Une protection, plus puissante que la croix des Chrétiens. » Caitlin déposa l'amulette dans sa main.

« Encore une superstition. » Avec un sourire, il secoua la tête mais sa voix tremblait de peur. « Mais elle est jolie. – Je vais la porter parce que c'est un cadeau de ta part. »

Le temps s'améliora rarement les jours suivants. Amis errait avec crainte. Une fois, Caitlin lui montra un champ de neige dévasté de traces devant le château et le garçon commença à trembler de manière incontrôlée et à suffoquer. Il attrapa hâtivement l'amulette de Caitlin autour de son cou.

« Qu'as-tu là ? », l'attaqua Sir Geoffroi.

Le regard d'Amis se posa sur Caitlin, à la recherche d'aide. « C'est ... » Il se racla la gorge nerveusement. « C'est juste un cadeau de Caitlin. » Ses yeux la suppliaient de tenir sa langue.

Mais Caitlin regarda Sir Geoffroi d'un air rayonnant, comme si tout était au mieux. « Votre fils a compris ce qui compte sur nos terres, *Mylord*. »

« Ce qui compte ? » Sir Geoffroy leva sa cravache. « Je vais t'apprendre ce qui compte ! » Il frappa Caitlin en pleine poitrine.

La douleur lui fit monter les larmes aux yeux mais elle pinça les lèvres et tendit la tête avec fierté. Le triomphe de voir Sir Geoffroi arracher aussitôt après l'amulette du cou d'Amis valait toutes les peines.

Une autre fois, Caitlin et Amis trouvèrent des traces de sabots sur la plage qui se perdaient sur le sol rocheux en-dessous d'une grotte dans les falaises. Caitlin adressa un hochement de tête significatif à Amis et observa, les paupières baissées, comment il pâlit lorsqu'elle suggéra d'explorer la grotte. Lorsque, suite à son refus, elle voulut partir seule, il s'agrippa à elle, horrifié, et la supplia de ne pas le laisser. Avec intérêt, elle observa qu'il respirait frénétiquement et semblait manquer d'air. Ne disait-on pas qu'on pouvait mourir de peur ?

Le soir avant l'Épiphanie, une tempête de neige fut accompagnée d'une marée de vive-eau qui menaçait les étables dans la crique, où les chevaux d'élevage de Treganna passaient l'hiver. Sir Geoffroi ordonna à Amis d'aider les valets à sortir les chevaux ; Caitlin se porta volontaire. Pour protéger les animaux de la tempête, on les amena dans les grottes situées plus haut dans les falaises.

Plus tard, au crépuscule, Caitlin attira Amis à l'écart des autres, là où se trouvait selon elle une autre grotte. Le chemin menait un peu sur la crête de la falaise; lorsqu'ils ne furent plus à l'abri du vent, quelque chose de puissant les fouetta dans la tempête sifflante, méconnaissable dans les épaisses bourrasques de neige. Avec un cri, Amis lâcha son cheval et s'enfuit en courant. Sur le versant au-dessus de la mer, il tomba et fit plusieurs culbutes avant de réussir à se retenir à une corniche.

Immédiatement après, Caitlin s'agenouilla à ses côtés et l'aida à s'asseoir.

Amis haletait par saccades. « Qu'est ... qu'est-ce que c'était ? »

« Ce qui nous a percuté ? » Il s'agissait de buissons arrachés par le vent ; une vue familière pour Caitlin. Mais elle fit une mine soucieuse. « Ne t'ai-je pas dit que nos guerriers massacrés se vengeront ? Aujourd'hui – c'est leur nuit ou ils devront attendre une année de plus. »

Les yeux d'Amis s'écarquillèrent d'effroi.

Un bruit retentit au-dessus d'eux ; puis des pierres tombèrent à côté d'eux et continuèrent leur course vers le bas.

« Il y a quelqu'un là-haut », balbutia Amis avec des lèvres pâles. Dans sa peur, il semblait avoir oublié qu'ils avaient laissé leurs chevaux sur la crête.

Caitlin acquiesça. « J'entends des pas de chevaux. Des cavaliers. »

Amis râlait et porta la main à sa poitrine. Son regard se brisa.

« Treganna est à moi !» Pleine de mépris, Caitlin regarda l'enfant mort.

***

Indications historiques :

La bataille de Hastings de 1066, qui fait office de date de la conquête de l'Angleterre par les Normands, était en fait une bataille pour la succession entre un descendant normand de la famille d'Aethelred, anglo-saxon, et un petit-fils norvégien du roi danois Knut le Grand. Tous les deux avaient régné sur l'Angleterre et eu la même épouse l'un après l'autre.

Le victorieux Normand Guillaume le Conquérant imposa la culture et le système féodal des Normands à l'Angleterre et une petite couche normande privilégiée remplaça presqu'intégralement la noblesse établie : les Anglo-Saxons avaient ainsi des raisons solides justifiant leur haine.

L'Angleterre fut christianisée au 9ème siècle. Mais, durant de nombreuses décennies, l'ancienne croyance continua de côtoyer le christianisme, de manière particulièrement marquée dans les terres de culture celte.

Un don pieux

Ebersbach, Souabe,1754

Hildegard guettait à travers un trou dans la tenture de la carriole : de la forêt, rien que de la forêt. Encore et toujours. Un paysage en noir et blanc. Les branches se pliaient sous la lourdeur de leur charge. La couche de neige durcie se brisait en craquant sous les roues tandis que le canasson cherchait son chemin sur le sentier à peine visible. Il s'ébrouait nerveusement sans cesse et semblait vouloir s'arrêter.

En claquant des dents, Hildegard rampa sous une couverture de cheval en lambeaux à côté de sa sœur Margarethe.

« Hé, tu vas être toute ébouriffée comme ça ! » Margarethe lui donna un coup sur la tête avec sa flûte. « Je n'ai pas le temps de te recoiffer quand nous arriverons à Ebersbach. »

Hildegard se poussa en haut long la paroi de la carriole. « Aujourd'hui il est trop tard pour jouer sur le marché. Si nous arrivons vraiment aujourd'hui. Tu ne vois pas que le bai boite ? »

« Les filles, ne recommencez pas à vous disputer ! » Christian, leur grand frère assis sur la boîte de la charrette, balançait la cravache avec impatience.

Hildegard poussa Jakob, le plus jeune frère, de côté et prit place près de Christian. Elle se colla à lui. « Tu m'achètes de nouveaux grelots ? »

Christian prit les rênes dans une main et lui caressa les

boucles brunes de l'autre. « Veux-tu danser ma belle ou veux-tu manger ? »

« Demain c'est Noël ! » Hildegard fit la moue. « Chacun de nous devrait se voir offrir quelque chose. Et plus je danse bien, plus vite j'aurais récolté l'argent pour une autorisation de mariage. »

« Mais d'abord, c'est mon tour », l'interrompit Margarethe. « J'en connais un qui me rendra honnête. Le fait que j'aie de la poigne compte plus que ton joli minois. »

Hildegard se tourna vers elle et afficha un sourire moqueur. « Quelqu'un avec un métier honnête ne demande pas de gens du voyage en mariage. »

« J'ai entendu dire qu'au Pays de Bade ils ont aboli la différence », déclara Christian. « On dit que non seulement les bergers et les potiers, mais aussi les équarisseurs et les huissiers y sont désormais considérés comme des gens honnêtes. »

« Et les Romands et les Yéniches ? », voulut savoir Margarethe.

« Si tu as de l'argent ! » Il haussa les épaules. « Ils ont toujours été en mesure de s'acheter le droit de cité. »

Hildegard secoua la tête, étonnée. Depuis quand Margarethe s'intéressait-elle à autre chose que sa flûte et les hommes coquets ? « Veux-tu finir par te terrer derrière les murs d'une ville, Gretl ? Ne me fais pas rire. »

« Vous ne devriez pas vous battre sans arrêt ! » Du coude, Christian donna un violent coup dans les côtes d'Hildegard.

Avant la prochaine montée, il arrêta la carriole. « Il vaut mieux que vous descendiez et montiez à pied le Raichberg. »

Margarethe râla, mais Hildegard était contente de marcher un bout et sauta de la carriole. D'une main, elle souleva ses jupes avant de saisir le bai par la bride de l'autre main. Dans l'air froid, son haleine s'unit à celle du cheval pour former un nuage de vapeur alors qu'elle marchait avec de longues enjambées dans la neige épaisse.

Le Raichberg n'était guère plus qu'une colline et bientôt elle avait atteint le sommet.

En direction de la vallée, la surface blanche du versant déboisé luisait dans le soleil couchant, intacte à l'exception des traces laissées par le petit gibier. La vue était dégagée jusqu'en bas, où le Fils transportait d'imposants blocs de glace. Derrière, la flèche du clocher couverte de neige de l'église Saint Veit se dressait entre les pignons des maisons.

Hildegard leva le bras devant son visage pour protéger ses yeux du soleil couchant et observa l'agitation près du pont. La garde de la ville était en train de se déployer devant et ferma la barrière au bout, derrière les paysans et les commerçants de marché qui quittaient la ville.

Même ceux qui souhaitaient seulement aller sur le marché devant la ville avaient désormais besoin d'un passeport. Elle soupira. C'en était donc fait de l'opportunité de gagner quelques Kreutzers pour acheter des cadeaux de Noël à ses frères et sa sœur. Le prochain marché aurait lieu seulement dans plusieurs jours. Christian avait besoin de toute urgence d'un nouveau gilet et Margarethe d'un fichu qui recouvre les coudes translucides de sa robe. Et Jakob – il grandissait beaucoup trop vite. Hildegard soupira encore une fois et se tourna vers la carriole.

« Tu avais raison », constata Margarethe lorsqu'enfin elle aussi eut escaladé le sommet de la colline. « Nous sommes arrivés trop tard. Encore un soir où il n'y aura que de la soupe de racines. »

Hildegard haussa les épaules, prit Jakob par la main et descendit avec lui à pas lourds le champ de neige en direction des paysans sur leur départ.

« Pleurniche », lui ordonna-t-elle tandis qu'il trébuchait en descendant à ses côtés.

« Je ne peux pas ! Et ne marche pas si vite ! », se plaignait-il.

« Alors ! » Elle le poussa dans la neige et comme il ne pleurait toujours pas, elle le frappa au visage sans plus de cérémonie.

« Hilde ! », hurla-t-il.

Lorsqu'ils arrivèrent sur la route, le visage de Jakob était couvert de morve et de larmes et il sanglotait. Hildegard retira le chaud foulard rouge qui couvrait son cou et le haut de ses seins et le noua autour de sa taille.

Elle inspecta les carrioles et jaugea les chevaux qui les tiraient. Finalement, elle se mit au travers du chemin du cinquième, sur lequel se tenait un paysan entre deux âges, le bras enserrant avec amour un Jakob en pleurs.

« Monsieur, mon frère a faim », dit-elle d'une voix douce. Elle fit une profonde révérence afin que l'homme puisse généreusement contempler sa nudité. « Auriez-vous peut-être un morceau de pain pour lui ? »

Le paysan se lécha les lèvres tandis qu'il la regardait, puis il se gratta la tête. « Non », dit-il enfin.

Hildegard, qui le regardait fixement, fit luire des larmes dans ses yeux.

« Ne pleure pas, belle enfant. » Il sortit sa bourse de son gilet et commença à fouiller dedans. Hildegard vit les scintillements entre ses doigts et jeta un regard furtif à son frère. Jakob pleura plus fort et s'approcha. Le paysan leva les yeux et tendit un demi-Kreutzer au garçon. « Voilà, avec cela tu vas pouvoir te remplir le ventre demain. »

« Que le Seigneur vous bénisse. » Hildegard fit une nouvelle révérence et s'approcha si près de lui que sa hanche toucha sa jambe. « Je vous remercie, Monsieur, de nous accorder une fête de Noël. » Ses yeux étincelaient et un sourire creusa les fossettes sur son visage.

Le paysan tendit la main et caressa sa joue gelée de ses doigts rugueux. Puis il se tourna et ouvrit l'une des caisses empilées sur la carriole. Il en sortit deux œufs et un saucisson et les donna à Hildegard. « Pour que vous n'alliez pas au lit le ventre vide. » Il lui sourit et fit avancer son cheval.

Jakob tira sur sa jupe.

« Silence ! » Elle le tira de la route. Après quelques pas sur le versant, elle se tourna encore une fois et regarda le paysan partir. « Cours ! »

Devant la carriole au sommet du Raichberg brûlait déjà un feu ; Margarethe remplissait la marmite de neige.

Tandis que les cloches de l'église Saint Veit retentissaient jusqu'à eux en haut, Hildegard lui déposa les deux œufs et la saucisse sur les genoux.

« C'est déjà quelque chose. » Margarethe hocha la tête en signe d'reconnaissance.

« Nous avons encore plus ! » Avec des yeux brillants, Jakob sortit le demi-Kreutzer de sa poche.

Hildegard humidifia son foulard rouge avec de la neige. « Il vaut mieux que nous ne vous accompagnions pas quand vous irez en ville demain. » Délicatement, elle essuya la saleté du visage de Jakob.

Christian ricana. « Je croyais que tu voulais te trouver un bien-aimé ? »

« J'en trouverais un quand j'en aurais besoin. » Hildegard répéta les mots de Jakob. « Nous avons encore plus ! »

Elle plongea la main dans la poche de sa jupe et en sortit la bourse du paysan. « Que ce Noël soit béni. »

***

Indication historique :

Les chartes municipaux de l'époque moderne et le système corporatif se caractérisaient par un système social bien développé. Cependant, l'assistance aux nécessiteux ne s'appliquait que pour la protection et l'approvisionnement des propres citoyens et de leurs veuves et orphelins. En outre, le système corporatif était d'un côté certes destiné à garantir la qualité de l'artisanat mais avait aussi pour but de tenir les concurrents à l'écart.

Ceux qui avaient quelque chose à offrir pouvaient s'installer librement dans une ville. Ou obtenir la citoyenneté par le biais du mariage. Les « gens du voyage » – et il ne s'agissait pas seulement des gitans mais aussi d'une partie des métiers dits infâmes – n'avaient quant à eux aucune chance d'obtenir les droits de cité. Ils ne pouvaient même pas acheter un apprentissage à leurs enfants, qui leur aurait permis d'accéder à une des corporations. En plus des ménestrels, des rétameurs et autres métiers similaires des gens du voyage, les fossoyeurs, les couvreurs et même les bergers, les meuniers et les barbiers comptaient parmi les métiers « infâmes ».

Dans de nombreuses villes, les gens du voyage n'étaient même pas tolérés comme mendiants, si bien que pour survivre ils étaient presque forcés à devenir criminels.

Pain

Changement de garde à la gendarmerie de la rue de la Tixeranderie : Jean-Pierre Chalandon accueillit son remplaçant avec un regard lugubre. « Cette nuit, nous avons pêché quatre femmes enceintes de la Seine. Nous n'avons pu sauver qu'une seule d'entre elles : Claire, la fille de la vieille couturière Dechamps. »

« Je sais », répondit Michel. « Je vous ai vu la ramener à la maison. »

« À cette heure tardive, tu étais encore debout ? C'était presque quatre. »

« Je me suis levé si tôt », répondit Michel. «Et je sais aussi que Claire a déjà eu son bébé. La petite fille ne pèse même pas quatre livres. La sage-femme a peu d'espoir qu'elle vivra longtemps. »

« Cette misère est un crime », déclara Jean-Pierre. « Et ça va encore pire de jour en jour. A partir d'aujourd'hui, il n'y a que deux onces de pain pour chaque personne dans notre section. »

« Mais les citoyens qui peuvent se permettre de payer dix livres et plus pour une livre de pain blanc se délectent de brioches et de croissants », grogna Michel. « Mais moi, je dois me placer une autre fois devant la boulangerie de Robillard et empêcher les femmes en colère de le tabasser la porte. »

« Par contre, il aurait mérité vraiment une raclée. La semaine dernière, il a de nouveau été dénoncé pour avoir travaillé avec de la farine de qualité inférieure. Ça crie au ciel comment cette bande s'enrichit sur les pauvres. Mais Dieu a été aboli. »

« Et les plaintes ne servent à rien du tout ! »

Jean-Pierre prit sa veste et quitta la garde. Il faisait encore sombre, mais partout les femmes faisaient déjà la queue. Devant de nombreux magasins elles allaient attendre en vain. Aussi ce jour-là, il n'y avait pas de légumes et pas de beurre. Le Comité de salut public de la section l'avait informé que de nouveau aucun fournisseur n'avait atteint la ville au-delà du Faubourg Saint-Antoine. Les citoyennes des banlieues les avaient tous pillés.

Il tinta les sous dans la poche de sa veste et sourit malgré tout en marchant dans la rue sous les châtaigniers en fleurs. C'était un jour de mai qu'il n'aurait pas pu être plus beau à Paris, et c'était l'anniversaire de sa femme.

Il voulait la surprendre avec un bon morceau de viande. Au marché de Sainte-Catherine, il connaissait un boucher qui lui devait une faveur puisqu'il l'avait pincé en vendant de la viande rationnée au cuisinier d'un fabricant de papier. Néanmoins, il devrait certainement payer beaucoup plus que le Maximum générale, mais il ne s'en souciait pas aujourd'hui.

Devant la boulangerie Robillard de la rue de la Jussienne, Jean-Pierre rencontra une foule agitée. La porte du magasin était grande ouverte, mais aucun signe de Robillard. « Citoyennes, que se passe-t-il ici ? »

La réponse de la veuve Leclerc était difficile à comprendre dans le brouhaha des voix. « ... est dans la boulangerie », arriva à Jean-Pierre.

« Il est pendu dans le fournil », cria Nanette, sa voisine.

Jean-Pierre courut à l'intérieur. Le boulanger avait un sac de farine sur sa tête et pendait à une poutre au-dessus d'un grand pétrin d'où la pâte, qui s'était levée trop haut entre-temps, coulait.

C'était un meurtre. Jean-Pierre regarda la scène devant lui avec horreur et s'arrêta pour éviter de détruire toute trace. Le meurtre d'un boulanger était tout ce qui manquait. Indécis sur ce qu'il devrait faire maintenant, il jeta un coup d'oeil autour de lui. Son service était en fait terminé et s'il n'allait pas directement au marché, il n'obtiendrait plus de viande du tout.

Sur la planche en bois à côté du four se trouvaient vingt flûtes non cuites, sur la table à côté d'innombrables brioches crues.

Le feu ne rougeoyait que faiblement. Jean-Pierre ouvrit la porte du four : des baguettes carbonisées.

Un bruit le fit tourner : Un rat sortit de sous les sacs de farine. Oubliant toute prudence, il s'approcha et ouvrit l'un des sacs. Il grouillait d'asticots. « Boo ! » Le dégoût le secoua.

La question, que faire maintenant, se voiyait clarifiée par l'inspecteur Roux, qui entra dans le fournil à ce moment-là. « Bonjour, citoyen Chalandon. As-tu déjà découvert quelque chose ? »

« Donc, le meurtre a dû avoir lieu entre trois et quatre heures. Robillard avait déjà le premier pain dans le four, mais ne plus d'occasion de sortir les baguettes cuites du four. Et même l'assassin était trop tôt pour ça. »

« Ou le pain ne l'intéressait pas. »

« Tu crois vraiment que quelqu'un laisserait derrière même un seul morceau de pain ? »

« Non », admit l'inspecteur. « Je ne peux pas vraiment imaginer. Mais peut-être qu'il a été derangé. »

Jean-Pierre secoua la tête : « A cette heure de la journée, il n'y a normalement personne dans la rue. Et si, pour une fois, je l'aurais vu aussi. C'était juste après trois heures et demie quand j'ai ramené Claire à sa maison. Alors, je suis passé par ici, et sur le chemin du retour à la gendarmerie, encore une fois. »

Roux tortillait sa moustache. « Lamentable ! Vraisemblablement tu viens de rater le tueur. »

« Si quelqu'un avait été dans la rue, je suis sûr que j'aurais … » Il s'interrompa. Michel ! Michel avait dû être dans la rue. Pourquoi ne l'avait-il pas vu ? Et pourquoi Michel ne lui avait-il pas parlé ?

« Qu'est-ce qu'il y a ? T'as bien remarqué quelque chose ? »

Aprés une brève hésitation, Jean-Pierre secoua la tête. « Non, inspecteur. Je ne peux pas t'aider. – Et maintenant, je suis pressé d'aller au marché. L'anniversaire de Charlotte est aujourd'hui. »

« Eh bien, alors cours. Félicite-la pour moi et passez une bonne journée. »

Mais Jean-Pierre ne se rendit pas directement au marché, malgré toute la hâte, mais il retourna au poste. Il voulait parler à Michel. Cependant, à la gendarmerie, il apprit que la salle de réunion du Comité de salut public était assiégée par des ménagères rebelles et que Michel et certains de ses collègues avaient reçu l'ordre de protéger les membres du comité.

Sa visite au marché, d'autre part, fut un succès complet. Jean-Pierre obtint non seulement un gros morceau d'épaule d'agneau pour ses économies, mais il acheta aussi une bouteille de bon vin rouge et même deux œufs. Cela assurerait non seulement un festin pour le dîner, mais le prochain petit-déjeuner était également garanti. Après avoir déposé ses trésors à la maison, il ne voulait pas s'asseoir sans rien faire jusqu'au retour de Charlotte. Il devait parler à Michel.

Devant le siège du Comité de salut public, non seulement les ménagères de la section s'étaient rassemblées, mais aussi quelques citoyens.

« Pain et la Constitution de 1793 », Jean-Pierre les entendit crier de loin. La foule se tenait serrée sur la place devant l'entrée du bâtiment ; face à elle, avec les pistolets dégainés, Michel et les autres gendarmes.

« Les commissaires ont volé la farine pour nos enfants », crièrent les femmes aux policiers. En colère, elles brandissaient des casseroles et des rouleaux à pâtisserie. « Au nom du peuple souverain et de la loi, il est de votre devoir de les arrêter. »

« Nous ne vous avons pas triché », se fit entendre une voix du premier étage. Un membre du comité avait osé s'approcher de la fenêtre. « Vous nous avez élus. Vous n'avez aucune autorité ici. C'est une insurrection ! »

« Oui, oui, c'est de l'insurrection », répondit une jeune fille à la première ligne, la repasseuse Josephine Rouillière. « Vous êtes déposés. Nous élirons des autres immédiatement. » Elle se retourna ; son regard parcourut la foule, à la recherche des rares hommes présents. « Citoyen Moreau ! Citoyen Duplessis ! Citoyen Grimond ! Citoyen Fielval ! »

Jean-Pierre souhaitait devenir invisible alors qu'elle regardait dans sa direction. « Citoyen Chalandon, merveilleux ! » Elle lui sourit radieusement. « Je vous propose d'être élus membres du Comité de salut public ! »

Face aux cris affirmatifs, Moreau passa devant et prit la parole. « Citoyennes, nous vous remercions de votre confiance. » Il hocha la tête à Jean-Pierre et aux trois autres commissaires qui venaient d'être élus. Puis il se tourna vers les gendarmes. « Vous avez entendu. Rangez vos pistolets et venez avec nous ! Le comité sera arrêté. »

Après avoir jeté un coup d'œil à Jean-Pierre, Michel rangea l'arme ; les autres suivirent son exemple. Ils avaient accepté l'élection : La confrontation entre le peuple et les gendarmes était terminée.

A ce moment-là, un groupe de soldats, guidé par quatre membres de la Convention nationale, descendit dans la rue.

« Au secours ! », on criait du premier étage en les voyant.

« Halte ! », Jean-Pierre dit aux soldats. « Nous n'avons pas besoin de votre aide. C'est tout réglé. »

Mais l'instant d'après, il eut un détonation derrière lui. On eut tiré du premier étage !

Les femmes poussèrent la porte de l'entrée avec des cris de colère ; maintenant elles ne pouvaient plus être arrêtées.

Quand les gendarmes s'écartèrent, Jean-Pierre vit que l'un d'eux soutenait Michel. Il se précipita vers eux.

Sous l'épaule gauche de Michael, une tache de sang se répandit rapidement. Gémissant, il s'appuya contre le mur de la maison et appuya sa main droite sur la blessure. « Citoyen Chalandon ! » Il y avait une touche de moquerie dans sa voix. « Que fais-tu ici ? Tu ne devrais pas fêter maintenant avec Charlotte ? »

« Je voulais te poser une question. » Jean-Pierre mâchouilla la lèvre inférieure pour un instant. Puis il s'approcha tout près à Michel et chuchota : « Et toi, que faisais-tu dans la rue de la Jussienne ce matin ? – Tu nous as vus passer devant chez Robillard, n'est-ce pas ? »

Le visage pâle de Michael devint encore plus blême. Puis il hocha la tête. « Alors, ce matin, j'ai trop parlé. Encore une fois. Mais ça n'a plus d'importance maintenant. »

« C'est sans importance », confirma doucement Jean-Pierre lorsque Michel s'effondra inconscient. « Personne ne l'a entendu à part moi. »

Deux jours plus tard, Michel mourut à l'hospice.

***

Indications historiques :

Dans la France révolutionnaire, le calendrier chrétien ne s'appliquait plus à partir de 1792. Le système décimal introduit en 1790 fut également appliqué au calendrier républicain. L'année avait 12 mois à 30 jours, la semaine 10 jours numérotés. A la fin de chaque année, cinq à six jours supplémentaires furent insérés pour l'adapter à « l'année tropicale ».

Les noms des mois étaient inspirés soit du climat français, soit des activités agricoles ; les jours furent nommés d'après les plantes, les animaux et les ustensiles au lieu des saints chrétiens.

Le calendrier républicain fut utilisé jusqu'en 1806 et pour deux semaines pendant la Commune de Paris en 1871. Elle entra en vigueur le 15ème Vendémiaire de l'année II (6 octobre 1793), avant même que toutes les appellations soient définitives. Cependant, le calendrier commença avec le premier Vendémiaire de l'année I (22 septembre 1792), le jour de la proclamation de la République comme premier jour de la nouvelle ère.

1 once était de 30 g. Le pain était l'aliment principal de la population ordinaire. C'est pourquoi des soulèvements se déclenchèrent par l'augmentation du prix du pain.

Livre : Unité de compte, qui existait dans deux ordres de grandeur différents : le livre tournois et le livre parisis. Les pièces de l'Ancien Régime étaient basées sur le livre tournois. Jusqu'à la Révolution française, cependant, le livre lui-même n'a jamais existé en tant que pièce de monnaie. En août 1795, il fut remplacé par le franc.

Les engrenages de la justice

Michael Corragioni, le médecin de la ville de Lucerne, jeta un dossier étroit sur le secrétaire de l'avoyer. « Voici votre corps, monsieur Am Rhyn. Strangulé. L'homme était déjà mort quand il est tombé dans la Reuss. »

« Oh, sommes-nous certes cette fois ? » Karl Am Rhyn ne leva pas les yeux, mais continuait à carver attentivement sa plume. Ce rapport pouvait attendre ; le clochard mort n'était plus pressé.

« Où voulez-vous en venir ? » Corragioni leva les sourcils.

« À l'époque vous ne pouviez pas arriver à une conclusion sur l'avoyer Keller. » Am Rhyn regardait Corragioni des coins de ses yeux pendant qu'il continuait. « Et juste en ce moment, les rumeurs viennent alimenté de nouveau que mon prédé-cesseur ne se soit pas noyé accidentellement dans la Reuss. »

Corragioni haussa les épaules. « Ils apparaissent avec chaque mort qu'on pêche. »

Il semblait attendre une réaction, mais Am Rhyn déposa la plume et commença à feuilleter le dossier. Il n'avait pas l'in-tention de développer sa remarque.

« Couvée des curaillons ! », murmura-t-il quand le médecin de la ville était parti. Puis il appela pour son fils, qui le servit d'assistant. « Toni, le bailli de Glaris a-t-il envoyé entre-temps un complément d'information sur cette voleuse ? »

« On ne nous envoie plus aucune information, mais la dame elle-même pour être interrogée, et son frère aussi. Tout est très douteux : Les informations que cet individu a données sur les circonstances du crime ne correspondent pas à ce que nous avons dit au bailli. »

Aussitôt que Clara Wendel arriva à la prison de Lucerne, l'avoyer la fit apporter pour l'interroger. Il l'attendait dans une pièce non chauffée au sous-sol du palais de justice.

Le gendarme lui amena une jeune femme en costume traditionnel à manches courtes. Les yeux bruns avaient conservé leur éclat malgré la longue période d'emprisonnement. Les cheveux noirs furent par ailleurs soigneusement tressés en une longue natte. Seule une lèvre gercée et une ecchymose bleu-jaune sous l'œil droit affectait le visage bien proportionné.

« Elle a menti », Am Rhyn la houspilla sans détour. « Même l'homme le plus bête ne pêchera pas sous la pluie la nuit. »

Clara baissa les paupières. « J'ai fidèlement rapporté ce que j'ai moi-même entendu à propos de cet incident. »

« Elle a déclaré qu'elle était sur place. »

« Mais je n'arrive pas à m'en souvenir. Qu'est-ce que distingue un enfant, ce qu'il vit soi-même et ce qu'on lui raconte ? »

« Donc, il ne peut non plus distinguer si c'est vrai ou si c'est un mensonge », remarqua l'avoyer. Il se leva et marcha autour de sa table. Tout près devant elle, il s'arrêta.

Clara évita son regard et pressa ses mains l'une contre l'autre.

« Eh bien ? »

« Aurais-je denoncé mon propre frère si ce n'était pas vrai ? »

« Alors pourquoi ne pas me dire comment c'est vraiment arrivé ? »

« J'ai déjà dit tout; je ne me souviens pas d'autre chose. »

« Alors nous l' aiderons à retrouver sa mémoire. » L'avoyer fit signe à la garde et celui-ci s'approcha avec son bâton levé.

Clara cria et leva les bras devant son visage. « Ne me frappe pas, je dirai ce que je sais. »

Am Rhyn se tourna de côté, prit sa pipe, la bourra soigneusement et l'alluma. Le garde tira le bâton sur le dos de Clara deux fois. Elle gémit et tomba à genoux.

« Elle ouvre la bouche, puis elle en aura fini », dit l'avoyer sans la regarder.

« J'ai froid », chuchota-t-elle. Elle s'accroupit sur le sol de pierre et enserra ses bras autour de ses genoux.

« Laquelle de ses déclarations sont des mensonges ? », demanda Am Rhyn. « Parce qu'elle a menti. »

La garde leva de nouveau son bâton ; Clara le regarda des coins de ses yeux et se mit à trembler. « Je pense, il y avait un tailleur, un certain Joseph ou Aloys Meyer, qui en voulait à l'avoyer. Hansi était dans la région depuis plusieurs jours, faisant des repérages. Je pense, il savait ce qu'il attendait. Le même jour, je suis allé avec ma mère á Littauen, où nous avons mis le feu. Après cela, nous sommes de retour ; Hansi nous attendait et nous nous sommes rendus plus loin. Et puis cela est arrivé, comme je l'ai rapporté. »

Au Rhyn mit la pipe de côté pour observer ses réactions. « Pourquoi elle vient avec un tailleur maintenant? » C'était une tournure qu'il aimait beaucoup. Elle pourrait mener à des perspectives complètement nouvelles.

« Je pense, Hansi avait un instigateur. Qu'est-ce que mon frère avrait á faire avec l'avoyer ? »

« Que pourrait bien vouloir le tailleur avec l'avoyer ? »

Clara haussa les épaules et sourit au visage d'Am Rhyn. « Je dis juste. »

« Donc, elle se l'a inventé ! » Il l'approcha si près que sa redingote la frappa au visage. « Qui protège-t-elle ? »

« J'ai mentionné tout ce que je sais. » Elle baissa la tête. Il ne comprenait guère ce qu'elle marmonnait. « C'est ce que je pensais. Il avait sûrement une raison, le tailleur. »

« Exactement ! » Au Rhyn s'inclinait devant elle de manière confidentielle. « Avait-il peut-être un instigateur, lui aussi ? As-tu jamais entendu quelque chose que tu pourrais penser ainsi ? »

« Je ne sais pas. Je dois y réfléchir de plus près. »

« Alors, réfléchis-y. » L' avoyer la laissait seule avec le garde.

Au soir, Am Rhyn fut invité à dîner par la belle-fille. Il ne remarqua guère ce qu'il mangeait et n'attendait que de se retirer à la bibliothèque avec son fils.

« La femme raconte ce qui lui vient à l'esprit, mais entretemps elle trahit quand même un peu. »

Toni lui jeta un regard expectative en prenant le cognac et deux verres bulbeux d'une vitrine.

Am Rhyn lui prit un verre et le laissa verser. Il renifla le cognac et sourit. « Je suis sûr que nous sommes sur un complot. Enfin, nous saurons comment Keller est morte. »

« Il s'est noyé ! Nous n'avons jamais trouvé la moindre indication que les rumeurs soient vraies. »

« Et pourtant, c'était un meurtre ! » Am Rhyn plaça son verre si violemment sur la table que le cognac débordait. « Keller a été du côté de Napoléon dès le début et s'est obstinément opposé au remplacement de l' Acte de Médiation par une constitution conservatrice. Il était notre rempart contre les ultramontains. » Am Rhyn bourra sa pipe avec des mouvements féroces. « Tu n'as pas vu Corragioni et le nonce apostolique baver quand il a condamné la restauration par le Congrès de Vienne. »

« Tout de même ils n'avaient pas besoin de la mort de Keller. Considère à quelle distance d'une fédération nous sommes aujourd'hui. »

« Pourquoi le Pape a-t-il soudainement rappelé le nonce à la Curie romaine ? Il soutenait la politique ecclésiastique conservatrice de Testaferrata. »

« Mais quand Testaferrata a été rappelé, Keller était encore en vie. »

« Et alors ? Les curaillons ont des bras longs. » Am Rhyn secoua la tête. « Qu'est-ce que tu es naïf. » Son fils ne pouvait-il pas mettre deux et deux ensemble ?

« Non, mon père. Je pense que tu pars dans un endroit où tu finis par te faire du mal à toi-même. Que veux-tu avec le témoignage d'une voleuse qui était enfant au moment de la mort de Keller ? Si tu te trompes, les ultramontains obtiendront encore plus le devant de la scène. »

« Je n'ai pas tort. » Am Rhyn se leva. « Nous n'avons pas besoin de poursuivre la discussion. Tu verras. »

Clara était pâle quand elle fut amenée de nouveau le lendemain matin. Sa charlotte incrustée de sang ne couvrait que la moitié d'une lacération fraîche à la racine des cheveux.

« Qu'est-ce qu'elle peut signaler sur la mort de Keller maintenant ? Elle en parle ouvertement et n'épargne personne. »

« Dois-je réciter le déroulement des événements encore une fois ? »

« Mais non, un ou deux détails n'ont pas d'importance. » Am Rhyn se leva et poussa Clara à la fenêtre. Il mit son bras autour d'elle et désigna la maison patricienne sur le pont de la Reuss, à côté de laquelle les deux tours à oignons de l'église des Jésuites se reflétaient dans l'eau. « Sais-tu qui y habite ? As-tu jamais entendu parler de quelqu'un qui a eu quelque chose à voir avec les résidents ? »

Elle regarda de la maison à l'église et retour. Puis elle secoua la tête. « Ce sont de nobles gens. Je ne connais pas de gens comme ça. »

« Là-bas, il y a eu un effraction il y a huit ans. »

« Je n'étais certainement pas avec. Mais pour les miens, je ne mets pas les mains au feu. Peut-être que je peux me rappeler quelque chose si M. l'avoyer me dit ce qui a été volé. »

« As-tu jamais entendu parler d'une personne découverte lors d'un cambriolage et non signalée à la police ? » Il la regardait du coin de l'œil.

« Oui, bien sûr ... Mais ça coûte toujours quelque chose. »

« C'est aussi arrivé à ton frère ? »

« Pas à Hansi, mais à Sepp, qui est mon beau-frère. »

« Qu'est-ce que tu en sais ? »

« C'est un bon gars, le Sepp. »

Am Rhyn fit descendre les coins de sa bouche.

« Mais si, oui, », affirma rapidement Clara. « De l'armée, où il avait un bon gagne-pain, il a pris son congé parce qu'il voulait être un père pour les enfants. Et il est brillant, il a vu la moitié du monde. » Elle regarda la rivière, tirant sur sa tresse. Puis elle regarda Am Rhyn avec les yeux vigilants.

« Je pense, si quelqu'un entre par effraction et le propriétaire le découvre et le laisse partir, alors ce n'était pas un crime ? »

« Si on ne porte pas plainte contre quelqu'un, il ne peut pas être jugé. Alors raconte-moi. »

« Je ne peux pas en dire plus. C'est juste Barbara qui m'a dit ce que je sais. La sœur a dit qu'il est revenu très effrayé. » Clara se pencha la tête contre la fenêtre et ferma les yeux. « J'ai faim. »

« Elle y sera habitué. Elle raconte ce qu'elle a entendu. »

Elle sombra sur le sol. « Je me sens tout misérable. »

L'avoyer ne se laissait pas impressionner. « Si elle se souvient encore de quelque chose, on parlera plus. » Il se tourna vers la porte.

« Bon repas », il salua le garde en sortant.

Am Rhyn se précipita dans le bureau de son fils. « La femme a reconnu la maison ! » Il rayonna de joie à Toni. « Son beau-frère a été surpris par Corragioni. Mais il l'a laissé partir. Je me souviens exactement de cet incident : Le médecin de la ville a signalé une effraction juste avant la mort de Keller, mais n'a rien pu signaler de volé. »

Toni remit sa plume dans l'encrier, croisa les mains et y reposa sa tête. Il regarda son père et ne dit pas un mot.

Am Rhyn se jeta dans un fauteuil. « Le nœud se reserre. Couvée des curaillons, misérable ! »

« Est-ce que la Wendel a témoigné de ça ? »

« Elle a admis que son beau-frère, Twerenhold, une fois, à peine venait de se sauver. Mais elle a peur qu'on lui en accuse encore aujourd'hui. Donc, elle tourna autour du pot. »

Toni se leva du bureau et s'assit sur la chaise en face de lui. « Père, tu es sur le point de t'enfoncer ! Twerenhold n'est rentré des Pays-Bas qu'en 1820. »

« Puis il a fait bon usage des vacances et pas seulement pour copuler. » Am Rhyn rit d'un rugissement de sa blague. « De toute façon, après l'effraction, le médecin de la ville l'avait dans sa main ; c'est sûr. »

Toni soupira. « Tu n'as pas de preuve, pour rien. Pas même une vraie déclaration de cette personne. Et avec sa mauvaise réputation, elle n'est pas un témoin valable, encore moins seule. »

« Les témoins seront trouvés une fois qu'elle aura révélé tout ce qu'elle sait. Nous avons déjà son frère ; nous attrapons aussi son beau-frère. Et je citerai aussi le tailleur à comparaître. Il est absolument irréprochable, donc sa déclaration a du poids. »

« N'a-t-elle pas dénoncé le tailleur comme instigateur ? »

« Tu ne peux pas tant croire cette personne », grogna Am Rhyn. Il se fâchait contre les objections sans fin de Toni. « J'ai toujours pensé que le Corragioni était derrière tout cela ; maintenant je peux enfin le prouver. Il ne peut plus en sortir ! »

L'interrogatoire suivant, l'avoyer faisait commencer par des coups. Quand Clara ne pouvait que pleurnicher, il la saisit par la tresse et la traîna jusqu'à la fenêtre. « Ma patience s'épuise lentement. Admets ce que tu sais sur l'effraction là-bas. »

« Je n'y étais pas. »

« Il y a deux jours, elle a témoigné qu'elle cambriolait dans la zone avec sa mère. Et le frère attendait déjà. Où étaient le beau-frère et la sœur pendant ce temps-là ? »

« Sepp n'était pas là ! »

« A-t-il jamais mentionné le nom Corragioni ? Est-ce qu'elle sait qui c'est ? »

« Oui, c'est le médecin de la ville. Les gendarmes ont amené la Barbara à l'époque. »

« Alors elle sait qui habite là-bas ! »

« Je n'étais pas là ! »

« Alors elle va encore tout nier aujourd'hui ? Elle n'en a pas eu assez ? »

Le garde considérait la question comme une instruction et la frappa de nouveau. Clara fut jetée contre le mur par la force du coup ; elle hurla et se cacha le visage dans ses mains.

« Eh bien ? Avec qui Sepp se prononçait-il sur le médecin de la ville ? »

« Il a dit un jour à Hansi qu'il était un gentilhomme. Pas comme les autres qui ne portent la miséricorde de Dieu que sur leurs lèvres. »

« Qu'est-ce que ça veut dire ? »

« Je ne sais pas. » Le coup suivant fit saigner à nouveau sa lacération. « Je suppose qu'il devait lui être reconnaissant. »

« Donc, le beau-frère voulait montrer sa gratitude ? Et il avait attelé le frère en même temps ? C'est ce qu'elle veut dire, n'est-ce pas ? »

Clara fit un mouvement qui interprétait Am Rhyn comme un hochement de tête.

« Et puis Hansi a poussé Keller dans la Reuss. C'était donc le frère qui s'est laissé instiguer. C'est ce qu'elle a déclaré, n'est-ce pas ? » Il la tira en haut et la poussa contre la fenêtre.

Clara se taisait.

« A-t-elle ou n'a-t-elle pas dénoncé le frère ? »

« Oui, mais ... »

« ... mais c'était le Twerenhold ? Elle a denoncé son frère juste parce qu'il va être pendu de toute façon ?

« Non ! Le beau-frère n'a tué personne. »

L'avoyer l'abandonna et alla voir le bailli.

« Que le Corragioni soit arrêté. Tout de suite. La Wendel a avoué qu'il a fait chanter son beau-frère pour assassiner Keller. » Épuisé par la course à pied, Am Rhyn se jeta dans un fauteuil.

« Le témoignage d'une voleuse ne compte pas. Karl, je ne peux pas faire arrêter un membre respecté de la Diète fédérale avec ça. » Le bailli secoua la tête devant le zèle de l'avoyer.

« Nous avons aussi besoin des aveux des auteurs ; je le sais bien. Cela se trouvera. On a déjà le frère. »

« Puis revenez quand vous aurez la confession. »

Au Rhyn bondit du fauteuil; son visage devint rouge. « Mais le Corragioni prendra la poudre d'escampette comme l'a fait le nonce s'il réalise qu'on est après lui. »

« Qu'est-ce que vous fait penser à lui maintenant ? »

« Quand le nouveau Pape a réadmis les Jésuites, Testaferrata a voulu les ramener à Lucerne. Keller l'a empêché à l'époque. »

« Et c'est ainsi qu'il est resté. Donc personne n'a eu un avantage de sa mort. »

« Cela, personne ne le sait auparavant. Ne soyez pas si têtu », cria Am Rhyn. « Faites arrêter Corragioni avant qu'il ne soit trop tard. »

Le bailli le regarda impassiblement. « Apportez-moi la confession du meurtrier. Alors vous pouvez l'avoir. »

***

Indications historiques :

Après la campagne d'Allemagne, l'Europe a été réorganisée lors du Congrès de Vienne en 1814/1815. Pour la Suisse, cela a donné lieu à des décennies de débats sur la constitution politique : Les forces conservatrices voulaient revenir aux conditions d'avant la révolution du 1798, tandis que les forces libérales se laissaient guider par « l'Acte de Médiation » de Napoléon, qui avait aboli le parlement national et le gouvernement central et transféré l'essentiel du pouvoir aux cantons. La réadmission des jésuites a également joué un rôle dans cette situation de conflit, d'autant plus qu'ils avaient une importance pour le système scolaire.

Sur cette toile de fond, il y avait des rumeurs persistantes selon lesquelles l'avoyer Keller libéral-démocratique de Lucerne avait été assassiné. Il s'était noyé dans la Reuss en 1816. Les déclarations de ses filles, comme toutes les autres circonstances, parlaient en faveur d'un accident ; huit ans plus tard, cependant, les rumeurs étaient alimentées de nouveau par les déclarations d'une jeune vagabonde.

Le conseiller médical catholique Michael Leodegar Corragioni d'Orelli, à l'époque membre du Grand Conseil et du Petit Conseil du Canton de Lucerne, fut accusé en 1826 d'avoir incité au meurtre de l'avoyer Franz Xaver Keller; il fut traduit en justice avec le tribu de gens du voyage de Clara Wendel.

Il fut acquitté. Les aveux des vagabonds, extorqués sous la torture, pour une fois, valaient moins que des considérations politiques.

Clara Wendel survécut également au procès, tandis que d'autres membres de sa famille furent exécutés.

***

Si vous avez aimé ces courtes histoires, veuillez les recommander autour de vous. Les recommandations aident les autres à trouver des livres qui valent la peine d'être lus.

À propos de l'auteure :

Annemarie Nikolaus, Hessoise de naissance, a vécu vingt ans au nord de l'Italie. En 2010, elle a déménagé avec sa fille en Auvergne, en France.

Elle a étudié la psychologie, le journalisme, la politique et l'histoire et exercé entre autres les métiers de psychothérapeute, conseillère en politiques, journaliste, lectrice et traductrice.

Elle a commencé l'écriture littéraire début 2001. Depuis la publication de ses premières nouvelles, elle écrit des romans avec une prédilection pour le genre historique.

Depuis 2011, elle publie en tant qu'auteure indépendante.

Auteur Qindie : Qindie est synonyme de qualité et d'indépendance. http://www.qindie.de/

Elle se réjouit que vous restiez en contact :
Blog en français:
http://annes-werke.blogspot.com/p/livres-francaises-franzosische-bucher.html
Patreon: www.patreon.com/AnnemarieNikolaus
Facebook : http://on.fb.me/JLAN6J
Twitter : http://twitter.com/AnneNikolaus

Publications:

En langue française

Histoires magiques. Nouvelles pas seulement pour les enfants. ISBN livre de poche 9782902412747

Décès soudain. Histoires mystérieuses. ISBN livre de poche 9782902412617.

Revanche. Nouvelles de jadis. ISBN livre de poche 9782902412662

Réduit au silence. Thriller court. ISBN livre de poche 9782902412655

Les ouvrages originaux en allemand.

Historique

Königliche Republik. Roman historique. ISBN livre de poche 9782902412471

Verjährt. Courts mystères historiques. ISBN livre de poche 9782902412549

Fantastique

Die Piratin. Roman fantastique. Dans la série *Drachenwelt*. ISBN livre de poche 9782902412495

Das Feuerpferd. Roman fantastique, écrit avec Monique Lhoir et Sabine Abel. ISBN livre de poche 9782902412501

Magische Geschichten. Nouvelles pas seulement pour les enfants. ISBN livre de poche 9782902412488

Renntag in Kruschar. Dans la série *Drachenwelt*. Un co-projet fantastique. Seulement e-book

Leuchtende Hoffnung. Un roman de science-fiction illustré sous forme de calendrier de l'avent. ISBN livre de poche 9782902412563

Mystérieux

Ustica. Un thriller court. ISBN livre de poche 9782902412556

Tot. Histoires mystérieuses. ISBN livre de poche 9782902412587

Bitterer Wein. Dans la série »Médoc« Roman de crime. ISBN 9782493398017

Haus zu verkaufen. Drame de famille. ISBN 9782902412983

Verjährt. (voir ci-dessus)

Romantique

Die Enkelin. Dans la série « *Quick, quick, slow - Tanzclub Lietzensee* ». Roman d'amour. ISBN livre de poche 9782902412518

Flirt mit einem Star. Dans la série « *Quick, quick, slow - Tanzclub Lietzensee* ». Roman d'amour. ISBN livre de poche 9782902412532

Zurück aufs Parkett. Dans la série « *Quick, quick, slow - Tanzclub Lietzensee* ». ISBN livre de poche 9782902412525

Ouvrages spécialisés

Guides touristiques

Aquitanien: Das Ende eines Krieges. Dans la série *Am Rande des Weges ...* ISBN livre de poche 9782902412570

Série sur la littérature

Suche Reisebegleitung. Dans la série *Fliegende Blätter.* ISBN livre de poche 9781499608427

Junge Welten. Dans la série *Fliegende Blätter.* ISBN livre de poche 9781500971991

Traductions également en anglais, espagnol, italien, grec et portugais